야생화 시집

산꽃 들꽃의 만남

수우당 풀잎시선 03
산꽃 들꽃의 만남

초판발행일 │ 2024년 12월 30일

지은이 │ 김복섭
펴낸이 │ 서정모
펴낸곳 │ 도서출판 수우당
주 소 │ 51516 창원시 성산구 외동반림로 126번길 50
전 화 │ 055-263-7365
팩 스 │ 055-283-8365
이메일 │ dlp1482@hanmail.net
출판등록 │ 제567-2018-7호(2018.2.12)

ISBN 979-11-91906-38-7-03810

값 12,000원

수우당 풀잎시선 03

산꽃 들꽃의 만남

김복섭 야생화 시집

수우당

산이라는 의미와 산행이 무엇인지도 몰랐던 때부터였다. 항상 산행길에 필름카메라를 어깨에 메고 다니면서 렌즈를 통해 산의 풍경 사진을 찍다가 발밑의 세계, 작은 꽃들을 바라보고 아! 하고 소리를 내기도 하였다.

카메라 장비를 메고 전국으로 야생화 촬영을 다녔다. 고생과 위험이 뒤따를수록 더 새로워졌다. 새로움을 느끼는 작업 중에 항상 야생화들이 건네는 세밀한 신호를 포착하려고 애썼다. 항상 카메라 옆에는 메모지가 같이 따라다녔다. 야생화 촬영 순간 마이크로렌즈로 들여다본 야생화의 모습을 느낀 감정을 기록하고 메모하였다. 촬영한 사진 작품과 더불어 나에겐 소중한 흔적이다.

봄이면 울긋불긋한 꽃들이 산을 덮고, 봄 내내 달콤하고 향긋한 향기를 품는다. 사진 작업이란 아름다운 색채에 스며든 향기를 담는 일인지 모른다. 메마른 덤불 속에 군락을 이룬 야생화가 나를 끌어당겨 숨을 멎게 한다. 찰나의 순간엔 누가 야생화인지 모르기도 하고 누가 속삭이는지도 분간하기 어렵다.

여름날엔 초원의 아침 안개 속에서 세차게 몰아붙이는 비바람에도 가냘픈 꽃대로 버티는 야생화의 끈질긴 생명력을 만난다. 안개 속에서도 안개비를 맞으며 시원 달콤한 맛을 느낀다. 보일 듯 말 듯 가느댕댕한 몸 줄기로 햇살에 비치는 빗방울을 머금은 야생화 한 점을 카메라의 앵글로 본다.

가을의 자연 숲속에서 살기 위한 야생화는 주위의 수풀보다 더 성장하여 살아남아야 한다. 주위의 많은 색상들의 숲속에서 잘 보이기 위해 나만의 색상을 표현하여야 한다. 가을에는 고원지대 초원에 은빛 물결을 만드는 억새 지느러미가 보이지 않는 바람길을 연다. 바람길로 카메라를 메고 구절초 야생화를 만나고 보라빛 용담이 그대로의 모습을 드러내기도 한다. 가을에는 감출 수 없는 속내가 야생화에 담기는 걸 어찌하겠는가.

봄을 기다리다 지쳐 눈 내리는 날에도 살포시 흰 눈을 헤치고 올라오는 노루귀와 괭이눈을 볼 때마다 자연의 위대함을 느끼고, 겨울 혹한을 이겨내는 야생화를 만나는 일은 늘 기쁘다. 최근 몇 년간 이상 기후로 고사 직전까지 가서 몇 년 만에 되살아 난 야생화를 발견한다.

20여 년간 전국을 다니면서 작업한 야생화 촬영 사진과 느낌의 순간을 메모한 기록을 바탕으로 글로 표현한 작업이다. 비록 아마추어 글 표현이지만 꾸준한 노력과 최선을 다한 글이다.

2024년 12월

| 차 례 |

서문

1

2

3

1

변산바람꽃

의림사 스님의 불경소리와 목탁소리
저수지를 지나 양지바른 곳까지
온 계곡을 울려서 퍼진다

이곳 은은한 서식지에
변산바람꽃들이 산다

봄이지만 마지막 겨울바람이
제법 쌀쌀하다 그래도 봄이다

봄땅에서
변산바람꽃들이 고개를 살포시 내밀어
꽃망울을 터트린다

하얀 꽃 한 송이가 품은 수많은 꽃술
연한 색깔로 뽐내며
짙은 고동색 꽃받침마저 꽃향기를 머금고 있다

봄향기로 떨고 있다
변산의 꽃

| 2023년2월
의림사 계곡

복수초

세찬 바람을 밀어낸 봄바람이
달달해서 봄 향기에 취한다

낙엽 속에서 얼굴 내밀고
제일 먼저 봄을 데려오는 전령사

엉덩이를 이끼 위에 슬그머니 걸치고
봄을 만끽한다

활짝 피기까지
봉오리에 머금고 있다.

저 찬란한 봄빛

| 2023년2월 군북 마애사

할미꽃

봄바람 보다는 봄볕
봄볕 보다는 꽃봉오리가
꽃봉오리 보다 꽃술이 더 아름답다

검붉은 꽃잎이 겹겹이 싸여
황금색의 꽃술이 더욱 돋보이게 한다
이 꽃술이 최고의 꿀 저장 창고

통통한 큰 꿀벌이 사뿐히 내려 앉아
잽싸게 꿀을 빨아들인다

카메라 렌즈로 꽃술에 초점을 맞추면
꽃이 활짝 웃는 얼굴
역시 파인더 속에도 활짝 웃는다

할미꽃도 꽃이다

| 2023년3월 함안 내곡리

노루귀

계곡 양지바른 곳
나뭇잎 사이로 따스한 봄바람이
마음을 녹이고 스쳐 가는 소리

봄볕이
낙엽 속으로 파고들 때

가냘프게 흰 털 옷을 입고
귀를 쫑긋하게 세우며
봄이 오는 소리를 듣고 있다

여릿한 보랏빛
막 시작된 청춘으로 서서

| 2023년3월 창원 진북면 계곡

15

제비꽃

등산길 초입 양지계곡
졸졸졸 흐르는 물소리에
움츠린 마음에 봄을 느낀다

길모퉁이 가장자리
사람들의 발자국에
상처를 입으면서
꿋꿋하게 피어나는 꽃

봄이면 흔히 볼 수 있는 제비꽃
제일 많은 종류를 자랑한다

흰제비꽃, 알록제비꽃, 점박이제비꽃 등
제각기 아름다운 모양대로 이름을 가진다

| 어느 해 따듯한 봄날 천주산 등산길

깽깽이풀 1

무덤 언저리 이끼로 주단을 깔고
편안하게 자리 앉은 깽깽이풀

주위 이불로 덮고 있는
낙엽이 바스락거린다

검붉은 색깔의 잎과 꽃봉오리들
서로 키 재기하듯 솟아오른다
화산 폭발 전
붉은 용암이 솟아오르듯 하는 형상

강한 햇빛 속 역광으로
렌즈 안으로 신기하게 담는다

왜! 이름이 깽깽이풀일까?

| 2023년3월 밀양 어느 산골

산자고

봄비가 내린 후
시원하게 부는 봄바람 맞으며
산자고를 만나려 찾은 진해 안골왜성

어제 내린 웃비*에 산자고는
가느다란 목이 힘없이 쓰러져 잠자고 있다
달달한 봄볕이 비추어야만
잠에서 깨어나 고개를 들 텐데

아직 어린 꽃봉오리는
젊은 청춘이라 곧게 서서
포근한 봄볕을 기다린다

산자고는 따스한 봄볕에 고혹적인 자태로
시원한 봄바람에 몸을 싣고 살랑살랑
춤을 추는 봄 처녀이다

*웃비: 아직 우기가 있으나 좍좍 내리다 그친 비

| 2023년3월 진해 웅천 안골왜성

수양벚꽃

수양벚꽃
창포로 머릿결을 감았는지
참꽃으로 머릿결을 감았는지
연분홍 머릿결이 축 늘여져
봄볕에 머릿결을 말리는구나

상춘객들은 제마다 포즈를 취한다
모델이 수양벚꽃인가
멋진 포즈의 상춘객인가
아마 둘 다일 것이다

화려한 수양벚꽃을 뒤로 한 채
노오란 개나리를 보기 위해
만년교를 향한다

| 2023년4월 창녕 영산 연지못

19

금낭화 1

깊은 계곡 개울에
산들바람이 분다
바람에 몸을 맡기면
얼마나 아름다워지는가

오랫동안 계곡을 씻은 소리들이
작은 단지들을 쪼르륵 매달고 있다

연분홍
물의 뼈, 바람의 뼈 단지를 들고
계곡 너머 봄 하늘로 가는 행렬

역광이 비친 분홍 무리들이
한줄기 무늬로 렌즈를 스쳐가면
나는 또 얼마나 고요하게 남을 것인가

| 2021년4월 밀양 깊숙한 산골

금낭화 2

나란히 매달려 있는 꽃주머니
산들바람에 서로 몸을 의지하고
살랑살랑 흔들며
아름다운 소리를 내어
내 마음을 제대로 흔든다

가냘픈 꽃잎에 역광으로 비쳐
햇빛에 반은 자리를 내주어
반투명으로 변한다

파인더에 들어오는 보케 현상은
오묘한 황홀감에 빠져든다
미지의 현상이 그대로 표현될지 조롱하듯
꽃주머니가 고개를 아래로 떨구어
살랑살랑 흔든다

지금 이 시간 금낭화는 이 계곡의 주인이다

| 2023년4월 밀양 깊숙한 산골

각시붓꽃

풍경소리 고즈넉한 사찰

약수터 대롱에
꽃이 피었다 지도록 생명수가 흐른다

홀로 꽃 하나를 찍고
허해져서 생명수 마시니

보라빛 붓꽃들
위장 내부에서
찌르르 합장하며 피어난다

| 2022년3월 창원 우곡사

금붓꽃

오늘도 황금색 붓꽃을 담기 위해
낙엽 카펫에 엎드려
카메라와 씨름한다

황금색 꽃을 피우기 위해
낙엽을 헤치고 올라온 꽃의 아름다움이
카메라 마음을 흔든다
홀로가 아닌 여러 송이

한참을 헤매고 난 후
시원한 생수를 들이켜
위장의 짜릿짜릿 맛을 더한다

오늘도 흐뭇하고 아쉬운 마음으로
카메라를 손질하며 자리를 뜬다

| 2023년4월 우곡사 계곡

깽깽이풀 2

아름다움을 찾으러 간
산기슭 계곡 양지

이끼 돌을 배경 삼아
공중에 흐르는 보랏빛

영영 잡히지 않던
그리움인 듯

오래전 어디로 흘러갔다가
돌아와 있다

| 2023년3월 밀양 어느 산골

조개나물을 찾아 1

오늘도 개성이 강한
조개나물꽃을 찾은
남지 개비리길 능선

발아래 낙동강과 남강의 합수머리
강물이 먼저 갈려고 새치기도 하지 않아
그저 흐름 따라 강물이 합쳐 서로
조화를 이루고 유유히 흘러간다

능선 무덤가에 조개나물꽃이
나 여기 있어요! 한다

청보라 꽃에 흰 털 옷을 입고
파란 하늘에 수채화처럼 떠 있는
하얀 뭉게구름을 보고 방긋 웃으며 인사를 한다

이게 조개나물꽃의 매력이다

| 2022년3월 창녕 남지 개비리길

조개나물을 찾아 2

항상 봄에 찾아오는 손님 황사
낙동강 푸른 물 위에 뿌옇게
제멋대로 휘저어 날아 다닌다

능선 산봉우리에 조개나물 지천
카메라 삼각대를 설치하고
무아지경으로 셔터를 누른다

때마침 파인더에 꿀벌이 나타나
조용히 살짝 셔터를 눌러 본다
셔터는 살짝 누르나 세게 누르나
찰칵 소리는 마찬가지
이어 아름다운 꽃향기가 찍혀 나온다

오늘은 몇 번의 꿀벌 작업 순간 포착을
촬영할 수 있는 행운을 얻는다

| 2023년3월 남지 개비리길

청보리와 작약

이른 아침 낙동강 강나루생태공원의 풍경
청보리가 익어 황금보리로 변신 중

붉은색, 흰색, 분홍색의 작약은
제각기 아름다운 색상을 자랑한다
꽃잎에 매달려 있는 이슬방울이
햇살에 반영을 더하는 순간이다

강변은 밤새 안개이불 덥고
하얀 안개에 아침 햇귀*가 파고들어
이젠 잠에서 깨어날 즈음

익어가는 황금보리를 보면서
도리깨로 내리쳐 타작하는 모습이 스쳐 지난다

*햇귀: ①해가 처음 솟을 때의 빛 ②사방으로 뻗친 햇살

| 2023년5월 함안 강나루생태공원 아침

은방울꽃

하얀 종鐘
소와 양들의 방울

은색의 방울처럼
알프스 푸른 초원에 한가로이 풀 뜯는 양 떼들
목에 달린 방울이다

우거진 숲속 그늘나무 아래 새하얀 은방울꽃
수줍은 모습으로 자기 몸보다 훨씬 큰
잎사귀 밑에 숨어 아래로 향한다

딸랑딸랑
청아淸雅하고 맑은소리가 은은하게 들려
순백의 아름다움을 간직한
그대로의 모습이다

| 2021년5월 의령 자굴산 숲속

현호색

계곡 초입
졸졸졸 계곡 물소리가 들리는 등산길

사람의 발길을 피해
고깔모자 쓴 피노키오가
꼿꼿하게 서서 흔들흔들 반갑게 인사
피노키오는 어지럽지 않은가 봐!

꽃은 혼자가 아닌
수십 개의 홍자색* 꽃이 매달려
장관을 이룬다

봄바람에 까딱까딱하는 모습
이젠 봄바람을 타나 봐!

*홍자색: 여러 가지 꽃의 아름다운 색깔을 비유적으로 이르는 말

| 2022년5월 창원 용추계곡

광대나물

이른 봄
아침저녁 제법 차가운 바람이
아침 햇살이 얼었던 땅속으로 파고든다

낙동강 강변도로
광대나물이 흥겹게 춤추고
붉은 자주색 꽃과 흰 꽃이 서로 자랑하듯
바람을 타고 흔들거린다

살랑살랑 부는
봄바람의 빛깔이 너무 환상적이다

오늘도 춤추는 광대를 만나
기쁜 마음으로 셔터를 누른다

| 2023년3월 낙동강 강변

털괭이눈 1

털괭이눈
이끼와 바위가 적당한 습한 계곡
졸졸졸 흐르는 물을 머금은 이끼를
방석 삼아 꽃을 피운다

삼각형 바위에 붙어 자라는 모습
큰 산에 자라는 소나무이다

이른 봄 철없는 눈이 소복이 쌓여
하얀 눈 이불을 덮고 있다

얼어 죽지 않으려고 발버둥 치며
하얀 눈 속을 헤집고 올라와
노오란 꽃을 피운다

봄과 겨울의 모습을 함께 느끼는 순간

| 2018년3월 용추계곡

얼레지

강한 바람이 세차게 부는
계곡 음지
얼레지가 단체로
바람 타고 춤춘다

두 개의 잎사귀 사이에 우뚝 선 꽃대
오뚝이처럼 바람에 흔들려도
다시 제자리로 돌아와 선다

따뜻한 봄날
양지에서 자라면 될걸
왜 굳이 추운 음지에서 자랄까?

지금 얼레지는 추위에 강한
봄 야생화라고 자랑한다

| 2015년3월 마산 광려산 자락

남바람꽃

바람꽃 중 아름다운 요정의 여왕
보라색 꽃대 초록빛 잎
뒤 자태가 더욱 아름다워
단아함과 고결함을 표현하는 꽃

살랑살랑 스쳐 가
바람처럼 피어나
바람과 친숙한 꽃

바람처럼 왔다가
바람처럼 가버린
무심한 나그네 같은 꽃

홀연히 남쪽으로 사라지는 꽃
헤어짐이 아쉽고 그리운 사랑의 꽃
아름다운 요정이며 여왕이라 극찬하는
남바람꽃

| 2021년4월 함안 伴鷗亭

33

큰구슬붕이

천주산 달천계곡
지난 가을 떨어진 낙엽을
아직까지 물속에 품는다

잘잘잘 흐르는 계속 물소리
바로 옆 그늘숲의 큰구슬붕이
연보라의 꽃봉오리가 곧 터질 것 같은 모습

나무 사이 비치는 햇살을 맞이하는 꽃봉오리
신비한 모습으로 여유를 부린다

처음은 꽃잎이 꿋꿋한 힘 있는 자세
나중은 끝부분이 유선형으로 부드럽게 변한다

우리의 인생과 같은 느낌이다

| 2018년4월 창원 광려산

34

큰앵초

지리산 깊은 숲속 나무 그늘 밑
자연 그대로 자라는 수수한 자주색

나무 사이로 스며드는 햇살 한 줌에
아름다움이 방실거린다
어찌 보면 이 아름다운 색채의
향기를 담으러 다니는지도 모른다.

정신없이 천상화원을 헤매는 중
나무 아래를 덮은 큰앵초의
달콤하고 향긋한 꽃내음이
코안 가득 품는다

한참을 카메라와 씨름하다 잠시 휴식
어느새 비탐방구역非探訪區域으로
깊숙이 들어와 있다

귀한 큰앵초를 담은 카메라가 미소 짓는다

| 2021년 5월 지리산 노고단

35

족도리풀

새색시 족도리가
짙은 홍자색*으로
나무 그늘에서 두 개의 키 큰 잎 사이
살포시 땅에 고개를 숙이고 수줍게 피네

앵글을 땅에 바짝 밀착하여
접사하여 담는다
아름다움을 자랑하지 않는
수줍음이 너의 매력

덕룡사의 풍경소리를 들으며
삼천포 수산시장으로 향한다
유명한 해물탕집에서 바다의 향기를 맛본다

*홍자색紅紫色: ①붉은빛과 보랏빛.
　　　　②여러가지 꽃의 아름다운 색깔을 비유적으로 이르는 말.

| 2015년4월 삼천포 와룡산에

금괭이눈

지리산에 오면
대놓고 그리워할 수 있는 꽃
꽃과 꽃잎에 금가루를 뿌려놓은 꽃

좀처럼 보기 드문
금괭이눈을 만날 수 있어 항상 설렌다

노고단 가는 길
무넹기고개의 실개울
금괭이눈이 봄이 왔다는 걸
방긋하는 눈으로 보여준다

꽃과 잎이 같은 금색이라
가까이 가지 않으면 구분이 어렵다

이게 자연의 무광無光이다

| 2017년4월 지리산 무넹기고개

복수초 2

계곡 깊숙이 비탈진 곳에 자리 잡은 사찰
미처 녹지 않은 얼음 밑에서
가느다란 계곡 물소리가 들려온다

조릿대의 잎이 바람에 스빗스빗*
가까이에서 딱따구리의 '따닥따닥 따따따'
나무둥지 파는 소리가
계곡에 메아리의 울림으로 퍼진다

황금빛 봉오리에서 기지개 펴기 시작하는
수많은 황금색 복수초가
나뭇가지 사이에 비집고 스며드는 햇빛에
황금의 빛깔을 더욱 뽐낸다

이내 카메라 들어오는 황금의 꽃들이
내 마음을 제대로 흔든다

*스빗스빗: 대나무 잎들이 서로 부딪치는 소리.

| 2022년3월 함안군 군북 마애사

2

처녀치마

4월 중순 노고단 정상
서 있기 힘들 정도의
세찬 바람이 지나간다

생명력이 강한 고산지대의 야생화
강풍에도 보라색 치마를 휘날리며
버티는 중이다

애써 만든 주름 펴질라
조심조심 바람을 탄다

처녀치마의 주름에는
수천 겹의 꽃잎을 물고
분명히 그 안에는 무언가의 비밀이
있을 것 같은 느낌이 든다

귀한 처녀치마를
카메라에 담아 사뿐히 하산한다

| 2017년4월 지리산 노고단

40

산자고

의림사 저수지 끝자락 계곡 양지
흐트러지게 핀 산자고꽃
혼자 또는 여럿이
서로의 꽃 모양새를 자랑한다

가느다란 꽃대가 힘없이
바람 부는 대로 누워있다

노란 꽃가루를 뒤집어쓴 수술
바람에 살랑살랑 향기를 날리면
꿀벌들이 잽싸게 날아와서 안착한다

산자고는 자기만의 깨끗하고
하얀 모양을 만들어 내고 있다

| 2021년3월 의림사 계곡

바위취

이름도 꽃잎도 특이한 바위취
바위속 틈새에 어설프게 고개를
내밀어 살포시 인사한다

짙은 붉은색 점이 있는 작은 꽃잎 세 장
아래에 달린 두 장의 꽃잎은 흰색에
길고 아래로 향한다

처음 만난 바위취꽃을 본 순간
세상에 이런 꽃도 있구나!

야생보다는 정원에서 만날 수 있는 꽃
오늘 야생에서 바위취를
카메라에 담을 수 있음에 감사하다

| 2017년5월 가야산 백운동 계곡

등칡

밀양 깊숙한 계곡 등칡* 서식지
주위 큰 나무에
휘감아 공생하면서 자라는 줄기

연한 연두색의 잎과 꽃
색소폰처럼 고부라져 특이한 얼굴을 자랑한다

한줄기에 여러 개의 색소폰이
바람에 끄떡없이 웅장한 소리로 연주하여
나뭇잎 사이로 불어오는 바람과 함께
마음을 다스린다

두 귀를 쫑긋 세우고
꽃부리 깊숙한 꽃술방이
색소폰 모양을 더한다

*등칡: 등나무 같은 칡이라고 '등칡'

| 2021년4월 밀양 단장에서

봉화현호색

무학산 서원곡
가느다란 물소리를 들으며
봄을 느낀다

산객들이 살랑살랑
봄바람을 일으키며 지나가는 순간
귀한 몸은
산객에 밟히지 않도록
숲속에 숨어서 자라
연한 노란색에서 차츰 흰색으로 변신중

오늘도 귀한 봉화현호색*
만남을 만족한다

*봉화현호색: 봉화에서 처음 발견되었다는 꽃

| 2022년3월 무학산

큰괭이밥

너덜겅의 습한 계곡
큰괭이밥을 찾으려 이끼 있는
돌과 바위를 밟고 오른 너덜겅

한참을 헤매어 찾은 꽃
바위와 나무사이 꽃
봉오리와 개화된 꽃
처음 만나는 꽃

듬직한 나무껍질의 그늘을
배경으로 초점을 맞추어
햇살이 비춰주기를 한참 기다린다

햇빛과 그림자 사이에 이별이 존재하는 순간
기다림 속에 드디어 햇살이 꽃봉오리에 안착
잽싸게 연속 셔터를 누른다

| 2021년3월 마산 내서 광산사

꿩의바람꽃

용추계곡의 가느다란 물소리
봄이 왔음을 느낀다

아침햇살이 쨍하고 비춰주지 않아
한참 기다린다

따스한 봄바람을 타고
잠시 후 햇볕이 들어와
꽃봉오리가 서서히 기지개를 켜
살랑살랑 아름다움을 풍긴다

아직 어색하지만 진심을 다하는 모습
가장자리에 현호색이 꿩의바람꽃의
텃새에 밀려나 있다

| 2018년3월 용추계곡

46

애기장구채

봄에서 여름으로 건너는 징검다리
구포리 아담한 야산 능선길
수풀 속은 야생화 보금자리
그중 작은 애기장구채

연분홍에 흰색의 아주 작은 꽃
우리 지방에 흔하게 볼 수 없는 야생화
장구처럼 아담하면서 담백한 울림을 준다

푸르른 풀 더미속
유심히 살펴본다

장구채 옆에는
장구는 없구나!

| 2015년5월 함안군 칠서면

애기괭이눈

애기괭이눈
이름만 들어도 귀여운 이름
괭이눈 중 제일 작고
부드럽고 앙증맞은 애기괭이눈

작지만 고집이 있어
오직 마이크로렌즈로서만 촬영을 허락하네

꽃봉오리인지 꽃인지
경계가 없는 듯
자기만의 모양을 만들어
바위 이끼 위에 영역을 표시

습한 바위라 다른 종류의
꽃들 침범을 허락하지 않고
자리를 지킨다

| 2018년4월 창원 용추계곡

덩굴개별꽃

자굴산 둘레길
자그마한 이끼폭포
이끼 밑으로 물기가 자잘하게 스며 내린다

이끼폭포 끝자락
이끼 접사 촬영 중에 우연히 발견
숲개별꽃인지 덩굴개별꽃인지 알쏭달쏭

아주 가냘프고 작은 꽃이 한 평 정도에
군락을 이루어 자생하고 있다

햇빛이 눈이 부셔 습한 풀 속에 숨어 꽃을 피워
아주 수줍음을 가진 야생화

| 2017년5월 자굴산 둘레길

노루발

반야월 작사, 권혜경의 노래 '산장의 여인'
배경이 된 마산국립결핵요양원

이곳 뒷산 청량산 능선에
하얀 노루 출현

소나무 아래에서 발이 못생겨
부끄럽다고 살포시 노루발을 내민다

하얀 미색의 꽃은
순수함이 느껴지는 것이 아니라
스며드는 것이다

| 2022년6월 마산 가포 청량산

붉은조개나물

진해 장천동 보타닉뮤지엄 가는 길
오늘 봄바람이 너무 환상적이다
아마 봄을 타나 봐!

청보라색과 자색이 공존하는 울타리 안
서로의 영역싸움을 하지 않고
서로 마주 보며 방긋 웃는 공존의 세계

근교에서 흔치 않은 광경

우리 인간이 진영 갈등으로 갈라지는 현실에
자연 속에 공존하는 조개나물과의 비교된다.

자연의 공존과 순리를 배워야 한다

| 2022년4월 진해

방가지똥

세찬따스한 봄볕
들판 가장자리
땅에 바짝 엎드린 노란 꽃

봄에서 여름으로 건너는 길목
몽숭몽숭*한 하얀 뭉치의 솜털
노루궁뎅이를 이쁘게 머리에 이고
잔잔한 바람에 살랑살랑 흔들며 자랑한다

시원한 가을바람이 몸에 스치면
솜털 뭉치는 번식을 위해
하나씩 하나씩 각자 바람 따라
정처 없이 유영 한다

*몽숭몽숭: 폭신한 느낌

| 2016년5월 남해읍 체육공원

큰앵초 2

안개가 자욱한 자굴산 조붓한 둘레길
보슬비가 고요한 고막을 두드리며
운치를 더한다

아들 과 사위와 함께
포슬포슬한 흙길 감촉을 느끼며
둘레길을 걷는다

안개 낀 수풀 속에 빨갛게 핀
큰앵초가 산행을 반긴다

시원한 그늘 숲속에서
아름다운 색으로 존재감 표현

가까운 산에서 볼 수 있음에 흐뭇해한다

| 2018년5월 자굴산 둘레길

남산제비꽃

흰 고깔을 쓴 제비꽃
따뜻한 양지에 봄소식을
제일 먼저 전하네

가장 흔하면서
깔끔한 순백의 꽃

지나가는 산객들에게
활짝 웃는 모습으로
방실거리며
봄이 왔다는
느낌을 전해 준다

| 2015년4월 광려산 광산사

털괭이눈 2

봄이 오는 춘삼월 끝자락
겨울 날씨가 봄을 시샘하듯
용추계곡에 밤새 하얀 눈이 내렸다

이른 봄 철없는
하얀 눈 이불을 덮고 있다
밤새 얼어 죽지 않으려 발버둥치며
하얀눈을 헤집고 나와
노오란 꽃을 피운다

하얀 도화지 위에
노란 털괭이눈이
지나가는 바람에 흔들흔들
추위에 떨고 있다

이게 겨울속의 봄이다

| 2018년3월 창원 용추계곡

55

개별꽃

아지랑이가 아른거리는
따뜻한 양지 산행길
들별꽃들이 서로 작은 키재기한다.

하얀 잎에 빨간 립스틱을 바르고
반갑게 방긋 웃는 순간
아름다운 색채와 향기를 담는다

어찌 이 자리에
터를 잡았을까?
자연의 순리란
부드러우면서 강하다

별꽃
너는 어느 별에서 왔니?

| 2014년4월 의령 자굴산

병아리난초

원효암으로 가는 길
지그재그로 굽이굽이 오르는 산중
길옆 수풀이 자동차 창문을 격하게 때린다

길옆 바위 절벽에 공생하는 이끼
촉촉한 이슬은 햇볕에 반사되어
자기 존재감을 표현한다
아주 작은 이끼들

너무 작아 꽃봉오리인지 꽃인지 알쏭달쏭
꽃의 아름다움은 아닌 듯
너무 작아 앙증맞고 귀엽다

비바람에 바위틈새 자리 잡은 병아리난초
아름답지는 않아도 마음이 끌리는 꽃

은은히 들려오는 암자의 풍경소리가 고요함을 더한다

| 2022년6월 함안 군북 원효암

타래난초

후덥지근한 여름
무덤가 잔디밭
실타래처럼 생긴 앙증맞은 꽃
줄기에 매달려 바람 따라
그네를 타고 즐기고 있다

푸르른 잔디 속에서
유난히 눈에 띄는 타래난초
꽃대에 실타래처럼 꼬여 피는 꽃

연한 붉은색과 흰색이 조화
새끼줄처럼 꼬인 줄기의 꽃
추억의 스크류바 아이스크림이다

가끔 돌연변이 흰색의 꽃을 만날 수 있어
생태계의 변화를 맛본다

| 2023년6월 창원 작대산

58

어리연꽃 2

아침 안개가 서서히 걷히는 시간
자그마한 연못에
자리 잡고 피어있는 꽃

몇 송이의 꽃
서둘러 개화하여
하얀 아름다움을 표현한다

자신만의 본 모습과 더불어
3가지의 모습
본래 모습의 꽃 하나,
잎에 검은 모습의 그림자 꽃 둘,
물속에 반영되어 나타나는 반영 꽃 셋,

찜통의 더위에 잘 견디는
어리연꽃이다

| 2023년7월 창원시내 공원

바위채송화

후덥지근한 여름
비 온 후 산 능선 바위
넉넉지 않은 바위틈새 싱그러운 자리
안개비와 이슬을 먹고 자란다는 바위채송화

아직 안개비의 물방울이 영롱하게 매달려
조심스레 카메라를 가까이 접사한다
황금색 꽃 속에서
미지의 세계를 유영하는 느낌

렌즈를 돌려 초점을 맞추며
수백 개의 황금색의 꽃
이보다 더 많은 투명한 물방울
어디에 초점을 둘 까 고민이다

어디를 맞추던 상관 없다
지금 카메라는 꽃 속에서 유영한다

| 2016년6월 창원 안민고개

산해박 1

비가 잠시 그친 주말 오전
산해박을 만나러 가는 발걸음
아직 풀 속에 어젯밤 내린 웃비 흔적으로
바지가 다 젖는다

안개가 자욱한 초록색 숲
초원의 숲속에서 숨바꼭질하는 산해박
꽃잎에 매달린 빗방울에
향기가 묻어난다

특이한 산해박꽃이 눈에 들어온다
연한 연두색에서 노랑색으로 변신 중
가냘픈 꽃대가 살랑살랑 흔들어
초점 맞추기가 힘든다

하얀 안개 속 배경 산해박을
그림을 그려본다

| 2009년7월 안민고개

쥐오줌풀

성삼재에서 노고단 오름길
계곡 나무데크 옆 쥐오줌풀꽃

황금 들판에 두 팔 벌려
서 있는 허수아비

하늘하늘 부는 바람에
바람 따라 흔들거리며
등 뒤에 들리는 참새 소리를
바람속으로 날려 보낸다

노고단 초원길
오늘도 맑은 공기와
시원한 바람 소리를
카메라에 담는다

| 2021년5월 지리산 노고단

돌양지꽃

앞이 보이질 않는 자욱한 안개
구름이 구름을 밀 듯
바람이 바람을 밀 듯
세차게 밀어붙인다
우의에 아랑곳없이 몸이 차갑다

노고단 정상 근처 암벽
돌양지꽃
안개비의 물방울을 머금은 채
바람에 까딱거린다

큰 암벽에 안전하게
편안히 자리 잡아
세차게 부는 안개바람을 맞이한다

| 2016년6월 노고단 정상

산해박 2

지난밤 소나기가 한줄기 퍼부은 아침
아직 수풀 속에
소나기의 여운이 남아있다

산해박꽃이 보일 듯 말 듯
가느린 제 몸줄로
햇살에 비치는 빗방울을 한입 머금어
내뱉는 빛깔을
카메라의 앵글에 들여다본다

가느다란 꽃대가
슬렁슬렁 부는 바람에
빗방울과 함께 그네를 탄다

렌즈속에 들어온 빗방울 안에
흰 구름의 향기가 들어있다

| 2012년6월 장복산 안민고개

며느리밥풀

이름도 요상한 며느리밥풀
구전설화는 슬픈 사연을 이야기한다

붉은 입술 모양의 꽃 위에
흰색 밥풀 알 두 개 얹혀 있네

뜨거운 한 여름의 수풀 속에서
특이한 모습으로 존재감을
과시하는 며느리밥풀

가야산 만물상 초입
초록색 초원 도화지에
붉은 꽃이 그려져 있다

| 2015년7월 가야산 백운동탐방지원센터

뻐꾹나리

시군의 경계 임도길
카메라와 함께 뚜벅뚜벅 걷는 걸음
임도는 지그재그로 그려져 있고
원시림 같은 큰 소나무들이 우거져 있다

길 가장자리 풀 속에 뻐꾹나리가
뻐꾹 하면서 카메라를 부른다
용수철처럼 금방이라도
튕겨 오를 것 같은 모습

꿀벌이 때마침 카메라의 모델이
되기 위해 잽싸게 안착한다
모델은 요리조리 옮겨가면서
포즈를 취한다
한꺼번에 두 개의 모델을 촬영하는 행운을 얻는다

| 2022년 7월 창원,함안 작대산

3

갯방풍나물

파도가 밀려와 바위에
포말을 잠재우고
찰박거리는 파도 소리가
더 청량하게 들린다

울릉도 행남등대 해안가
바위틈새 갯방풍나물
지금은 번식을 위해
흰 꽃이 피는 중이다

철~석 철~석
파도가 바위에 깨지는
소리를 들으며
끈질긴 생명력을 과시한다

| 2016.7 울릉도 도동등대

날개하늘나리

천상화원(天上花園) 노고단 초원길
아름다운 야생화 안방
고산지대에서만 고집하는 날개하늘나리를
만난다는 것에 기대가 된다

6월 하순 더위가 시작하는 계절
수많은 야생화들의 하늘정원
지금 여기에 걸맞게 안개가 자욱하다

초원의 도화지에 주황색의 물감 뿌려놓아
꽃봉오리마다 하얀 안개비 빗방울의
영롱한 자태를 맛본다

오늘은 귀한 야생화를 담은 것에
흐뭇한 미소를 짓는다

| 2016년6월 지리산 노고단

처진물봉선

등산길 옆 습기를 가득 품은 계곡
연한 연두색의 이끼가 가득

코끼리 귀 모양의 활짝 핀 꽃
두 개의 큰 꽃잎이
숨어있는 꽃술을 보호하는 경계병

덜 핀 꽃봉오리에는 어젯밤에 내린 비에
꽃봉오리보다 더 큰 물방울이 대롱대롱
금방이라도 떨어질 듯 매달려
옥구슬이 익어가기를 기다린다

똑! 하고 떨어지는 순간의 찰나를 담으려고
파인더와 셔터에 눈과 손을 떼지 못한다
결국 순간을 놓쳐 버렸다

| 2018년9월 창원 용추계곡

지리터리풀*

지리산에 와야만 만날 수 있는 꽃

빨간색의 꽃봉오리가
자홍색으로 변신 중이다

짙은 빨간색 동그란 꽃봉오리
제멋대로 그린 거미줄에
안개 빗방울이 옥구슬처럼 영롱하게 매달려
아슬아슬하게 그네를 탄다
좀처럼 보기 드문 모습

자욱한 안개가 언제 걷히는지
노고단의 날씨가 변덕스럽다

*지리터리풀: 지리산에서 처음 발견되고, 세계적으로 지리산에서만 자라는 특산식물

| 2016년6월 지리산

산오이풀

6월 지리산의 여름
날씨는 심술쟁이
자욱한 안갯속 바람이
세차게 안개비를 안고 몰아친다
우의 속으로 찬바람이 스며들어 가슴을 때린다

노고단 초원지대
지천으로 핀 홍자색의 꽃
안개비의 물방울을 가득 머금은 채
무게에 고개를 축 처져 있다

세찬 바람에 몸을 실어
흔들흔들 격하게 카메라를 반겨
카메라 초점을 맞추기 힘들다
산오이풀이 파인더에 흔들거리면
카메라도 따라 움직여 순간을 담는다

| 어느해 6월 지리산 초원

은꿩의다리

찌는 듯한 무더위
찌렁찌렁 매미 소리
시원스레 살랑살랑 부는
의림사 계곡 숲 바람

하얀 솜털처럼 핀 꽃
이슬을 머금은 은색의
꽃 뭉치가 순박하다
담자색*의 금꿩의다리와는 다른 모습

계곡의 시원한 바람 소리와
아름다운 새소리를 모아
렌즈 속으로 담는다

*담자색 뜻: 엷은 자주색

| 2015년8월 마산 진북 의림사계곡

노루오줌*

안민고개 능선
안개가 자욱한 초원길
미지의 꿈속으로 빨려든다
안개의 하얀 냄새가 코끝에 상쾌함을 더한다

하얀 솜 뭉치가 내 앞을 왔다 갔다
바람 따라 슬렁슬렁 유영한다

초원길 옆 연분홍색 노루오줌 두 녀석이
나란히 키 재기 하려나
색상의 표현이 너무 강해 눈에 바로 띈다

오늘의 노루오줌꽃이 유난히 곧게 서있는
자주색 털이다

*노루오줌: 노루가 자주 오는 물가에 자란다고 하여 노루오줌

| 2010년7월 장복산 안민고개

술패랭이꽃

여름 고산지대 산야에서
피는 술패랭이꽃
장닭의 붉은 벼슬
특이한 모습

줄기 끝부분 꽃들
모두 힘이 없어
축 처진 머리를 헤쳐 풀고
바람 따라 살랑살랑 춤추네

연한 홍자색의 꽃이
부드럽고 유연함이 특징
패랭이꽃보다 더 진화되어 화려하다

| 2016년6월 지리산 노고단

가야물봉선

후덥지근한 습한 여름 계곡
졸졸졸 흐르는 물소리를 들으며
빨간 꽃을 피우는 가야물봉선

자그마한 폭포에 떨어지는 물
바위에 부딪쳐 튕겨 나오는
물방울을 맞으며
흔들흔들 흥겹게 춤을 춘다

한여름 매미 소리를 들으면서
계곡에서 흔히 볼 수 있는 야생화이다

| 2014년8월 창원용추계곡

냉초

한우산 정상 바위를 베게 삼아
안개 속 냉초가
빗방울을 머리에 이고
존재감을 알려준다

자주색 꽃이 길쭉하게
하늘을 향한다

초원지대에 렌즈속으로
스며드는 바람에 사운거린다*

오선지 위에 롤러코스터를 타고
오르락내리락하여 작사가의 심정으로
알맞은 선에 정지하는 순간을 포착한다

*사운거리다: 가볍게 이리저리 자꾸 흔들리다. 살랑거리다.

| 2021년6월 한우산 정상에서

패랭이꽃

시원한 소나기 한줄기가 지나간
후텁지근한 초원길

연붉은 꽃
여태 남은 빗방울을
여러 꽃잎에 올려놓고
살랑살랑 흔들며 가지고 놀고 있다

빗방울은 떨어지지 않으려고
또르르 또르르 구르면서
꽃잎 위에서 안간힘을 쓴다

때마침 퉁퉁한 꿀벌이
꽃술 가까이에서 밀당을 한다
꽃과 빗방울 그리고 꿀벌까지
합동으로 뮤지컬 공연을 한다

| 2009년7월 창원 안민고개

나리꽃

황매산 억새 평전
푸른빛이 제일 왕성한 억새

하얀 안개 속에
초원의 푸르름이 한층 더한다
초원 속 참나리가 붉은색으로
독보적인 존재감을 과시

밤새 내린 안개비의 흔적이
꽃잎에 마지막 한 방울을 보듬고 있다

항상 땅을 바라보고 있어
땅나리인가?
하늘을 보고 있는 나리꽃은
하늘나리인가 봐!

| 2011년 7월 황매산

골무꽃

수풀 덤불 속에
긴 목을 치켜들고
살무사가 먹이를 탐색하는 모습
이게 골무꽃의 모습이다

그 속에서도 작은 꽃벌들이
소곤소곤 속삭이며 꿀을 담는다

선조들이 바느질에 사용하는
골무를 닮았다 하여 지어진 이름
순수한 우리 향토 야생화이다

| 2015년6월 창원 용추계곡

주홍서나물

가느다란 줄기
초록색의 울림통에
붉은색 복판*의
장구가 매달려 있다

하얀 토끼털 모양의 뭉치가
옆 가지에 가지런하게 매달린다

성장 과정의 모습을
한 파인더에 제대로 보여주는
주홍서나물 꽃이다

*복판: 장구의 울림통 양쪽 끝부분에 엮은 소가죽

| 2014년10월 창원 소목고개

누린내풀

야생화 중 과거 급제한 꽃

청보라 어사화를 쓰고
어째서 가야산 만물상에 오르는가?
만천하滿天下에 알리고자 오르나 보다

생김과 다르게 지어진
누린내풀
고약한 냄새를 가진다

가장 아름다운 꽃의 모습을
이름을 지었으면 하는 아쉬운 생각이 든다

그래도 특이한 아름다움이다

| 2015년7월 가야산 만물상 입구

범꼬리

한우산 찰비계곡
옛날 호랑이와 범이 살았다는 깊은 산속

한우산 정상에
범이 꼬리를 남겨놓고 사라졌다
만주로 간 것일까?
백두산으로 간 것일까?

하얀 범꼬리가 집단으로
살랑살랑 흔든다

범은
깊은 산속에서만 볼 수 있다

| 2021년 6월 한우산에서

기린초

한여름 가야산 소리길
매미소리 찌렁찌렁 시원하게 울어 댄다

계곡의 시원한 물소리,
산새소리, 매미소리 들의 합창
오선지에 모든 특수 음표를 그려
오케스트라를 연주하고 있다

계곡 옆 한편
정형적인 모양의 노란 기린초가
활짝 피어 반긴다

때마침 여름 벌들이
사뿐히 앉아 열심히 작업을 한다
가야산 소리길의 한여름 풍경이다

| 2015년7월 가야산

딱지꽃

안민고개 능선 헬기장
노란 딱지꽃의 안방

어제 밤새 내린 비
아직 빗방울을 꽃잎에 달고 있다

햇볕이 내리쬔다.
후덥지근한 습도로 이마에
땀방울을 달고 있다

종이로 접은 딱지를 닮았나?

| 2018년7월 창원 안민고개

새깃유홍초

잎이 새깃처럼 생긴 유홍초
빨강색의 기다란 꽃
미소 지으며 앙증맞게
줄기를 타고 있는
고추잠자리의 비상(飛翔)이다

창녕 낙동강 강변
설치미술가 정크아트 작업장
한 편에 버려진 가마솥 안
휘감아 줄기를 뻗으며 매달려
자연의 생명력이 강하다는 걸 보여준다

유홍초 중에
새깃유홍초가 아름다운 모습이 으뜸이다

| 2022년9월 창녕 낙동강 강변에서

세뿔투구꽃

계곡의 바위틈새 음지에
강한 생명력을 보여주는 꽃

투구 모양의 연한 색
아름답게 일렬로
꽃을 피운다

대여섯 꽃봉오리가 나란히
한 방향으로 달려
독일 병정이 사열하는 모습

계곡 숲속에 가냘픈 세뿔투구꽃
주위 큰 풀 속에 이리저리 부딪치며
강하게 생명력을 과시한다

ㅣ 2021년10월 광려산 계곡에서

물매화

은색의 물결이 출렁이는 억새 향연
밀려오는 파도가 흰 물결을 이룬다
살랑살랑 가을바람에
황매산의 억새 평전도 춤춘다

청명한 가을산상(山上)
은빛의 억새 속에 숨어서 고개를 내민 물매화
마치 여왕이 된 모습으로
흰 왕관을 쓰고 있다

가냘픈 꽃대가 주위 풀과 나란히 키 경쟁하며
제법 불어오는 가을바람에 풀과 함께 살랑인다

하얀 물매화꽃이
수술이 영롱한 물방울처럼
하늘로 향한다

| 2021년10월 황매산

쓴풀과 자주쓴풀

청명한 가을 10월
등산로 ¹⁾ 길섶에
손톱만 한 크기의 쪼그마한 흰색
앙증맞고 귀엽게 피어

밤사이 먹고 남은 이슬방울이
영롱하게 꽃잎에 매달려

렌즈에 들어온 이슬방울 속에
카메라가 볼록렌즈처럼 형상이
보일락 말락

서리가 오면 이제 동면에 들어가야 한다
꽃이 자주색이면 자주쓴풀이다

*길섶: 길의 가장자리. 흔히 풀이 나 있는 곳을 가리킨다.

| 2015년10월 정병산 소목고개

용담

가을이라 누렇게 변한 억새잎
그 속에 용담이 특별한 색으로 존재를 과시한다

억새 사이에 보라색의 용담
어떤 녀석은 자주색으로 꽃을 피워
또 다른 아름다움을 자랑한다

여름 내내 수풀 속에서
치열한 생존 싸움을 하여 살아남아

여름에 비바람에 꽃대가 쓰러져도
쓰러진 상태에서 꽃을 피워
진한 청보라색을 보여준다

마이크로 렌즈로 꽃봉오리 내부는
아름다움의 황홀감에 빠져든다

| 2015년10월 합천 황매산 평전에

곰취

자굴산 둘레길
야생화를 만나려 걷는 울창한 숲
둘레길 중간 황금색 큰 꽃송이 발견
깜짝 놀라 유심히 살펴본다
처음 보는 야생화

곰취 !
아니! 이게 왜 여기에 있지?
한동안 멍하게 서 있다가
잽싸게 풀을 헤집고 접근한다

우거진 수풀 속
큰 덩치를 자랑하며
큰 꽃대는 황금 방망이를 들고 있다

오늘 첫 곰취꽃을 발견하는 행운을 얻었다

| 2017년9월 의령자굴산 둘레길

쥐꼬리망초*

파란 가을바람이 코끝을 시원하게 하는 즈음
연한 진홍색 꽃
군대식으로 한 방향으로 서열한다

밤새 내린 서리가
꽃잎에 하얗게 응고되어

때마침 아침햇살이
나뭇가지 사이로 방긋
꽃잎이 서서히 반기면서
서리가 물방울로 변화시킨다

순간을 포착하려
셔터를 연거푸 누른다

*쥐꼬리망초: 꽃차례모양이 쥐꼬리를 닮았다 하여 '쥐꼬리' 와, 개화기 나라가 망한 시기에
　　　　　들어온 망초 꽃의 '망초' 의 합성어

| 2018년10월 창원 소목고개

산부추

황매산의 광활한 억새평원
은빛 지느러미를 지닌 은어처럼
은빛 물결이 살랑인다

키다리 산부추가 듬성듬성
독특하게 자리 잡는다

아침이슬을 툭툭 털고
밤을 새운 한숨들을 걷어내면
밝아오는 아침이 하늘 아래 물감이 있다

붉은 자주빛 산부추꽃이
솜사탕이나 풍선 다발이다

산부추 꽃봉오리가 잠시
만개를 안 해 우리 눈에 쉽게 안 드러날 뿐
활짝 핀 꽃은 아름다움으로 존재감을 표현한다

| 2016년10월 합천 황매산

93

꽃향유

바람이 제법 쌀쌀한 가을
풀과 꽃들이 아침이슬을 가득 품고 있다

자주색과 보라색의 혼합색
꽃 한 송이에 수백 개의 꽃술들이
한쪽으로만 달려있다
영국 병정들이 군사 퍼레이드를 시작한다

아침햇살이 사르르 꽃에 스며드는 순간
꽃망울에 맺힌 아침이슬도
따뜻한 햇살에 공기 중으로 날아가
햇살에 양보한다

조만간 서리가 내리면
꽃향유도 올해 전성기가 지나
내년을 다시 기약하리다

| 2018년10월 창원 정병산

4

정영엉겅퀴

9월 첫주 오전 하동 관내 출장을 마치고
화개장터에서 돼지국밥 한 그릇 비운다

노고단 길 굽이굽이 가파른 오르막길
지리산의 가을 천상화원(天上花園)을
카메라에 담기 위해 힘겹게 오른다

고산지대라 제법 쌀쌀하여
지리산의 맛을 제법 보여준다

노고단 정상
섬진강을 바라보며 피어난
정영엉겅퀴 꽃

구름이 산허리를 돌아 흘러가고
섬진강 강물이 아련하게 흘러가고
가을도 흘러가는 중이다

| 2016년9월 지리산 노고단

꿩의비름

우리나라
고산지대에서만 볼 수 있는 꽃

흰색 또는 붉은빛이 도는 흰색
아주 작은 꽃봉오리
수천 개 뭉치의 꽃송이

소박하면서 순백의 아름다움을 지닌 꽃
때늦은 꿀벌들이 겨울잠을 자기 위해
열심히 꿀을 모으고 있다

겨울을 지내기 위해 열심히 일하는
꿀벌의 모습이다

봄, 여름, 가을에 열심히 농사를 지어
겨울에 따뜻하게 배불리 지낼 수 있는
우리 인간의 모습이다

| 2016년9월 지리산 노고단

층꽃나무

푸른 가을바람이
부드러운 고막을 두드리며 지나간다.

산책길 길섶
꽃대에 층층이 매달린 꽃봉오리
척박한 바위 틈새 집단으로 가을을 알린다

자줏빛 연보라색에 피어있는 층꽃나무
올해 마지막 야생화임을 표현한다

자그마한 벌들이
미세한 날갯짓을 하며
꿀을 수확하고 있다
벌들도 올해 마지막 꽃임을 인식하였는지
겨드랑이 땀이 나도록 겨울 식량을 모은다

| 22022년9월 창원 북면 조롱산

층층잔대

수십 개의 방울을 달고
가을바람을 타고 즐기고 있다

산들바람에 살랑이는 방울소리가
딸랑딸랑
오케스트라와 협연을 하는
모습

층층잔대
여름에서 가을로 넘어가는 때를
방울소리로 알려주는 야생화

오늘도 층층잔대는
방울소리를 울린다

| 2009년9월 창원 비음산

둥근잎유홍초

청명한 가을하늘
하얀 뭉게구름이 황금 들판을
내려 보고 있다

황금 들판
울긋불긋 코스모스 길 가장자리
붉은 유홍초는 울타리에 서로 엉켜
흐트러지게 피어 있다
마치 코스모스와 경쟁하듯 아름다움을 말한다

울긋불긋 코스모스와 붉은색의 유홍초가
조화를 이루어 가을의 모습을 표현한다

| 2020년10월 창원 동읍 무점리에서

닭의장풀

여름과 가을 사이
산책로 길섶에 흔한 달개비가
닭 모양으로 모이를 찾고 있는 지금

지나가는 발자국에 뭔가를
남기는 흔적을 본다

살살 부는 가을바람에
까딱까딱 고개를 반가워 흔들어
운동하는 이에게 반갑게 인사한다

여리면서 강한 꽃 닭의장풀
우리와 함께 살아가는 자연이다

| 2022년9월 창원 북면 감계공원에서

강아지풀

높은 푸른 하늘의 가을
해가 산 능선에 접근하는 즈음

개울가 운동길 가장자리에
무리 지어 있는 강아지풀

해넘이 찰나에 역광의 햇빛이
강아지풀 솜털에 적나라하게 반사

솜털 같은 보슬보슬한 꼬리를
살랑살랑 부는 가을바람에
강아지풀 무희들이 군무한다

흔히 볼 수 있는 가을 들녘 풍경

| 2020년9월 창원 북면

고마리

밀양 위양지
저수지 둘레길
고마리꽃에 흰색과 연한 홍색이
서로 영역을 차지하려고 경쟁한다

흰색 바탕에 홍색의 꼭지
연한 홍색 바탕에 흰색의 꼭지
꽃봉오리마다 제각기 멋을 부려

넝쿨에 가시
눈으로 감상만 하고
만지지 말라는 경고

| 2015년9월 밀양 위양지

나도송이풀

신라시대의 고찰 광산사
일주문을 지난 임도

제일 먼저 맞이하는 야생화
나도송이풀
흔하면서도 보기 드문 꽃

붉은빛을 띤 연한 자주색
입술 모양과 혓바닥 모양으로
자연 속에 아름다움을 표현하는 꽃

뚜벅뚜벅 임도길 걸음에
붉은 입술로 방긋 웃으며
반긴다

| 2017년9월 창원 내서 광려산에서

땡깔(까마중)

시골 고향마을
어릴 적 들녘 자연 속에 자라던 땡깔

지금 들판 한구석에
땡깔 꽃이 피어있다.

하얀 꽃잎에 가운데 노란 꽃술이
옛적 그대로의 모습인데
나만 세월이 지나갔나 보다

새까만 열매가 익으면
친구들과 따서 먹었던
추억의 땡깔이다

| 2014년10월 창원 진북면

바디나물*

계곡 가장자리 습한 곳
짙은 자주색의 꽃 뭉치

여러 개의 꽃들이
아주 특이하게 흩어져 매달려 있다

핵분열이 일어나는 도표이랄까?

때마침 꼬마 장수벌이 사뿐히 안착하여
까딱까딱 살며시 꽃가루를 훔친다

*바디나물은 '바디'와 '나물'의 합성어

| 2016년9월 창원 용추계곡

오리방풀*

용추계곡의 습한 그늘
연한 자주색의 특이한 꽃

화려한 색상이 아닌
아름다운 모습도 아닌 꽃
오리방풀

때마침 흰나비가 꽃에 가까이 접근
안착을 시도한다
더듬이 두 개로 꽃 속에
살포시 집어넣어
꽃술의 단맛을 취한다

*오리와 방아를 닮았다 하여 지어진 이름

| 2016년9월 창원 용추계곡

107

나래완두

산행길 수풀 속
가느다란 줄기에
어설픈 가지와 잎사귀 사이에
하얀 귀여운 꽃.

갈퀴모양의 꽃
나래완두 냐? 연리갈퀴냐?
헷갈린다

어찌 되었던 오늘
처음 보는 나래완두를 눈으로 배운다

| 2020년5월 자굴산 산행길에서

선밀나물

등산로 옆 수풀 속에 별들 모양
선밀나물의 꽃
한밤중 하늘에서
별들의 군무群舞 모습

어릴 적 짚으로 둥글게 감아
공놀이하는 공
할미꽃 열매를 손으로 감아
공놀이하던 추억

노래방 둥근 조명등이
빙글빙글 돌아가는 모습
선밀나물 꽃모습
상상세계想像世界이다

| 2023년2월 군북 마애사

매발톱*

합천 관내 출장 후 귀갓길
가야산 야생화식물원
산마늘, 매발톱, 어성초, 바위취
수십 가지의 야생화 서식지

다양한 색상의 매발톱
진보라와 노란색의 조화
자주빛과 갈색의 조화
연보라 흰색의 조화

시간과 장소를 한꺼번에 아낄 수 있어
연거푸 셔터를 눌러 댄다
여러 컷의 장면을 담을 수 있어 좋다

*매발톱: 꽃모양이 매발톱을 닮았다하여 지어진 이름

| 2017년5월 가야산식물원에서

큰물레나물*

용추계곡의 그늘숲
고추나물보다 큰 녀석

가냘픈 몸뚱어리 끝에
밤새 내린 빗방울이 안착하여
어슬렁어슬렁 블루스를 춘다
둘이 아닌 셋이다

오각의 물레살이
스크루와 바람개비 모양
가운데 황색의 꽃술이 피침형

잠시 쉬어가는 물레이다

*물레나물은 물레가 돌아가는 모습과 같다하여 지어진 이름

| 2012년7월 창원 천주산 산행길

톱풀

메마른 덤불 속
수많은 야생화들의 속삭임에
귀를 기울인다
잎이 톱날처럼 생겼으나
아주 부드러운 초록색

자그마한 하얀 꽃송이가
수백개가 어우러져
하나의 꽃송이를 이룬다

질서 정렬한 매스게임 모양
단체로 집단 체조를 한다

| 2011년7월 합천 황매산

벌노랑이

노랑 돌콩
노랑 삐약이
벌노랭이
벌노랑이 어떤 이름이든 상관없다

창원 천주산 입구 달천구천達川龜泉
조선시대의 허목선생이 만들었다는 기념물

마을 안으로 가는 길 벌노랑이 꽃이
순수한 노란꽃을 피우기 위해
봄과 여름을 지내왔다

수백 년 동안 지나가는
사람과 마을 사람들에게
목을 축이면서 아름다운 꽃을
볼 수 있게 해주었다

| 2018년7월 창원북면 외감리 달천구천에서

으름

시원한 봄바람이
여름으로 넘어가는 계곡

넝쿨 마디마디마다
연등을 달고 있다
하나가 아닌 셋이
조화를 이룬다

지나가는 산객에게
시원함을 선사하고
하늘을 볼 수 있는 기회를 준다

하늘에서 땅을 바라보고
허공에 매달려 피우는 꽃
좀처럼 보기 드문 자연의 모습

| 2017년5월 창원 내서읍 감천골

영산고분의 할미꽃 1

겨울과 봄 사이
철없는 겨울비가
지겹도록 자잘하게 내린다

고분 가장자리
긴 겨울 장마에 햇살을 보지 못해
할미꽃이 얼굴 치장을 못하여
추워서 하얀 손을 가리고 있다

성격 급한 녀석은
흰 털옷을 벗고 나와
검붉은 꽃잎이 고개를 쑤~욱 내민다

황금색 꽃술이
아직 태어나지 않은 봄 나비를
맞이할 준비를 한다

| 2024.03 창녕 비화가야 영산고분군에서

영산고분의 할미꽃 2

추적추적 내리는 겨울비
힘없는 할미가
일어나지 못하네

서너삼일 봄볕에
할미가 허리를 펴고 나와
활짝 웃는 모습의 할미꽃
이제야 방긋 웃는다

일주일 사이
어느 인간이
일부 할미를 파묘를 하였구나

슬픈 일
우리 인간의 현실이다

| 2024.03 창녕 영산 죽사리고분

벌깨덩굴

세찬봄이 익어가는 4월 중순
천년고찰 광산사 초입
계곡으로 들어간다

따뜻한 봄기운 속의
시원한 계곡 언저리

바위틈새 모여든 흙에
뿌리를 내려
황홀한 보라색으로 치장하여
수염을 까닥거려
카메라를 부른다

함께 봄 소풍 가잔다

| 2021년4월 내서 광산사에서

눈속의 복수초

복수초 개화 소식
어제 밤새 눈이 내려
눈 속의 복수초가
눈에 아른거린다

부랴부랴 카메라 메고
내서 소노골 오른다
어젯밤 내린 눈이
서서히 녹는 찰나

흰 눈이불을 덮고 있는
복수초가 단체로
눈 속에서 일어선다

얼어 죽지 않으려고
옹기종기 모여 있다
추워서 봉오리만 매달려 있다

| 2015년3월 내서 소노골에서

민눈양지꽃

자굴산 둘레길
원점회귀 지역

안개가 자욱한 산행길
민눈양지꽃이
흐트러지게 피어
안개비를 흠뻑 맞고 있다

자잘한 바람에
꽃봉오리들이 까닥거려
제각기 자기 마음대로
몸놀림을 흔들어 댄다

지금 이순간
민눈양지꽃의 제 모습이다

| 2017년5월 자굴산 둘레길 초입

하늘말나리

시원한 용추계곡
흔치 않은 하늘말나리
줄기가 직선이 아닌
곡선으로 몸매를 자랑한다

꽃잎에 연지곤지를 치장하여
나리꽃과 다른 아름다움을 뽐내어 본다

숲속의 시원한 매미 소리에
바람 따라 살랑살랑 몸을 흔들어
시원한 한여름의 망중한을 즐긴다

| 2010년7월 창원 용추계곡

동자꽃

댓재에서 시작 종주길
햇댓등을 지나는 능선길
짙은 안갯속의 안개비 길

지친 걸음을 초원 위에 올려놓는다
이제부터 야생화 천국으로 들어와
잠시 야생화 황홀감에 빠져든다

지천의 야생화 세상
보기 드문 동자꽃이 초록세상을
안내한다

흰동백님의 동자꽃 전설
이야기를 들으며 생수를
벌컥벌컥 내린다

| 2009년 8월 두타산.청옥산 종주길

박쥐나무

봄 처녀는 문턱을 넘어가고
시원스레 우는 매미가
여름 문턱으로 들어올 즈음

의림사 풍경소리가
계곡물에 흘러 내려오는 일주문

우거진 벌이줄 나무에
황금박쥐가 대롱대롱 매달렸네

민요 가수의 한복 저고리에
황금색 노리개가
민요 가락에
덩실덩실 춤춘다

| 2020년6월 의림사